Alte Märchen
neu erzählt

Band 3

Brigitte Hagen

Bibliografische Information der Deutschen Nationalbibliothek:
Die Deutsche Nationalbibliothek verzeichnet diese Publikation
in der Deutschen Nationalbibliografie; detaillierte bibliografische
Daten sind im Internet über http://dnb.dnb.de abrufbar.

© 2014 Brigittte Hagen
Email: brigitte.hagen@ewe.net
2. Auflage vom 1. September 2014

Zeichnungen
Veronika Teufel

Fotos
Hans Weißer

Layout
Erich Doerper

Herstellung und Verlag
BoD – Books on Demand, Norderstedt

ISBN 9783735779168

Inhaltsverzeichnis   Seite

Vorwort	7
Die drei Federn	13
Die Froschprinzessin	21
Die kleinen Leute von Swabedo	31
Nachwort	39
Gedanken zu »Die drei Federn«	42
Gedanken zu »Die Froschprinzessin«	42
Gedanken zu »Die kleinen Leute von Swabedo«	45
Zur Erzählerin	46
Zur Illustratorin	47

Vorwort

»Märchen sind «märchenhaft,
Märchen sind «zauberhaft!«

»Stellen sie sich vor, es gäbe ein Zaubermittel, das ihr Kind stillsitzen und aufmerksam zuhören lässt, das gleichzeitig seine Fantasie beflügelt und seinen Sprachschatz erweitert, das es darüber hinaus auch noch befähigt, sich in andere Menschen hineinzuversetzen und deren Gefühle zu teilen, das gleichzeitig auch noch sein Vertrauen stärkt und es mit Mut und Zuversicht in die Zukunft blicken lässt.

Dieses Superdoping für Kinder gibt es. Es kostet nichts, im Gegenteil, wer es seinen Kindern schenkt, bekommt dafür noch etwas zurück: Nähe, Vertrauen und ein Strahlen in den Augen des Kindes.

Dieses unbezahlbare Zaubermittel sind die Märchen, die wir unseren Kindern erzählen oder vorlesen. Märchenstunden sind die höchste Form des Unterrichtens.«

So drückt es Gerald Hüther in einem Aufsatz aus.[1]

Dieses Geschenk der Nähe und des Vertrauens, von dem Gerald Hüther spricht, und das Strahlen in den Augen nicht nur der jungen, sondern auch der erwachsenen Zuhörer darf ich in meinen Märchenveranstaltungen immer wieder erleben, – ja, es geht wirklich ein ganz besonderer Zauber von den Märchen aus!

Wenn ich mich für diese Veranstaltungen vorbereite und ein neues Märchen ›lerne‹ oder ein bereits erlerntes Märchen ›auffrische‹, dann ›lebt‹ es eine Weile in mir und zwar so lange, bis es zu meinem ganz persönlichen Märchenschatz geworden ist – und dabei verändert es sich – immer wieder.

Und so werden die Märchen auch wirklich immer wieder neu ›erzählt‹!

Ich denke, das ist legitim, denn als die Märchen in früheren Zeiten an den langen dunklen Winterabenden von Mund zu Mund weitererzählt wurden, hat der Erzähler ganz gewiss auch seine persönlichen Anliegen und Wertvorstellungen mit einfließen lassen.

So können wir in der Märchensammlung der Brüder Grimm deutlich die Spuren der Moralvorstellungen des 18. und 19. Jahrhunderts entdecken.

Märchen sind keine realen Geschichten, es sind Fantasiegeschichten, in denen alles möglich ist, wie jeder weiß....

Das besondere an den Märchen ist, dass sie das **Urwissen** der Menschheit in Bildern, in Symbolen zum Ausdruck bringen.

Wenn man sich darauf einlässt und diese Bilder in sich wirken lässt, dann kann es geschehen, dass sie zu einer Art ›Lebenshilfe‹ werden, weil sich uns die eine oder andere Botschaft erschließt.

Um welche Botschaften geht es? Die Botschaften sind vielfältig. Jeder kann seine ganz individuelle Botschaft

entdecken, die heute anders sein kann als morgen.
Es hängt vom Leser, bzw. Zuhörer ab und seiner augenblicklichen Verfassung – und natürlich auch vom Märchen.

In Märchen geht es um Lebens- und Entwicklungswege: Jeder Mensch ist auf dieser Welt, um sich weiter zu entwickeln, nicht nur körperlich, sondern auch geistig und seelisch.

Dazu muss sich der Mensch **auf den Weg machen** und aktiv werden. Er muss. ähnlich wie die Märchenheldin oder der Märchenheld. die Geborgenheit und Sicherheit, aber auch die Bequemlichkeit aufgeben, er muss Gefahren bestehen, Aufgaben bewältigen.

Auf diesem schweren und oft auch gefährlichen Weg wird er nicht allein gelassen – das zeigen die Märchen ganz deutlich:

Es gibt immer **Helfer**, Helfer wie Feen, Zwerge, Elfen, manchmal sind es auch Tiere, ja sogar Steine oder Klänge –, sie alle können zu Helfern werden, wenn, – ja wenn der Märchenheld offen und bereit ist, sie wahrzunehmen und auf sie zu hören.

Ist das nicht eine wunderbare, tröstliche Botschaft – für kleine ebenso wie für große Leute? Das macht Mut und gibt ein Gefühl der Geborgenheit!

Wir sollten auch bedenken, dass die Menschen zu der Zeit, als die Märchen entstanden sind, weniger abstrakt dachten und sprachen, als wir heute. Für sie war das Denken und Sprechen in Bildern selbstverständlich.

Deshalb sollten wir die Märchen nicht mit unserem nüchternen und oft sehr kritischen Verstand betrachten, sondern mit einem liebenden, staunenden und dankbaren Herzen – dann werden sie sich uns in ihrer ganzen Schönheit und Weisheit erschließen.

Dabei wünsche ich allen meinen Leserinnen und Lesern, sowie den Zuhörerinnen und Zuhörern von Herzen gutes Gelingen, viel Freude und eine **wunder**volle Zeit im Land der Märchen....

Brigitte Hagen

»Die Wahrheit ist so groß, dass wir Menschen sie nur in Bildern zu fassen vermögen«

Paolo Colhoe

[1] *Neurobiologische Argumente für den Erhalt einer Märchenerzählkunst*
   aus dem Buch
   Stimme des Nordens in Märchen und Mythen
   – Märchen und Seele –
   Königsfurt Verlag 2006

Die drei Federn

Die drei Federn

(frei nach den Brüdern Grimm)

Es war einmal ein König, der hatte drei Söhne. Die beiden Ältesten kamen sich überaus klug und gescheit vor. Sie lachten den Jüngsten oft aus, weil er ungeschickt und langsam war.

»Du Träumer«, riefen sie, »du Dummling!«

Als der Vater alt wurde und spürte, dass er nicht mehr lange auf dieser Welt leben würde, dachte er darüber nach, welcher seiner Söhne würdig sei, sein Nachfolger zu werden.

Eines Tages rief er sie zu sich und sprach: »Meine lieben Kinder! Ich habe mir Gedanken darüber gemacht, wer von euch mein Königreich erben soll, wenn ich einmal nicht mehr bin und ich habe beschlossen, es demjenigen zu geben, der das schönste Tuch nach Hause bringt.«

Der König ging mit seinen Söhnen in den Schlossgarten und blies drei Federn in den Wind. Die erste flog nach Osten, dahin lief der Älteste. Die zweite flog nach Westen, dahin lief der Zweite und die dritte Feder fiel ganz nahe bei der Schlossmauer zur Erde. Traurig ging der Jüngste dorthin.

Wie er sich bückte, um die Feder aufzuheben, lag diese auf einer Falltüre. Vorsichtig öffnete er sie. Er sah eine Treppe. Sie führte tief in die Erde hinein. Zögernd ging er, – Schritt für Schritt – die Treppe hinunter, bis er schließlich vor einer Zaubertüre stand.

Er klopfte an und hörte von innen eine Stimme, die ihm zurief:
»Hutzelbein, komm herein!
Hutzelbein, komm herein!«

Die Türe sprang auf und der Dummling stand in einer wunderschönen großen Erdhöhle, an deren Wänden Edelsteine in allen Farben funkelten. Auf der Erde saßen viele kleine Kröten. Sie quakten voller Freude. In ihrer Mitte saß eine dicke fette Kröte, eine »Itsche«. Die sprach: »Wie schön, dass du uns besuchen kommst. Das freut uns sehr! Sag, was wünschst du dir?«

Er antwortete: »Ich wünsche mir das schönste Tuch von der ganzen Welt!« Daraufhin hüpfte die Kröte zu ihrer Schatztruhe und holte ein Tuch heraus, das war aus Gold- und Silberfäden gewebt und mit Diamanten besetzt. So etwas Schönes hatte noch keiner gesehen. Die Kröte überreichte es dem Dummling. Der bedankte sich und eilte die Treppe hinauf.

Als er zum Schloss kam, waren seine beiden Brüder auch schon da. Die hatten sich keine Mühe gegeben, weil sie der Meinung waren, der Dummling würde kein Tuch finden, geschweige denn ein schönes und so hatten sie die nächst besten Frauen gefragt, ob sie ihnen ihre Kopftücher verkaufen würden. Die taten es gerne, denn die Königssöhne bezahlten mit Goldtalern.

Der Vater betrachtete die Tücher seiner Söhne und sprach: »Mein jüngster Sohn hat das schönste Tuch mit nach Hause gebracht. Er wird mein Nachfolger.«

Da fingen die beiden älteren Brüder an zu reden und zu schimpfen: »Aber Vater! Fühlst du denn gar keine Verantwortung? Du kannst doch unmöglich das Königreich einem Dummling vererben! Der ist doch viel zu dumm, um König zu sein!«

Und sie hörten nicht auf und redeten so lange auf den alten König ein, bis dieser sprach: »Nun gut, so stelle ich euch eine zweite Aufgabe: Derjenige von euch, der den schönsten Ring mit nach Hause bringt, soll König werden.«

Wieder ging er mit seinen Söhnen vor das Schloss und blies drei Federn in den Wind. Auch dieses Mal flog eine nach Osten – für den Ältesten, eine nach Westen – für den Zweiten und die letzte auf die Falltüre.

Freudig lief der Dummling hin, öffnete sie und eilte die Treppe hinunter, tief in die Erde hinein. Da stand er wieder vor der Zaubertüre und wurde schon erwartet:

»Hutzelbein, komm herein!
Hutzelbein, komm herein!«

Die Tür sprang auf und der jüngste Königssohn stand erneut in der wunderschönen Erdhöhle. Freudig quakend wurde er von all den kleinen Kröten begrüßt und die Itsche sprach: »Wie schön, dass du uns nochmal besuchst! Sag, was wünschst du dir heute?« »Ich wünsche mir den schönsten Ring von der ganzen Welt!«

Da hüpfte die Itsche zu ihrer Schatztruhe und holte einen Ring heraus, der war von einem Glanz und einer Schönheit, wie man sie auf Erden nirgends findet. Sie überreichte ihn dem Dummling. Der bedankte sich und lief die Treppe hinauf.

Mit ihm kamen gleichzeitig die Brüder nach Hause. Auch dieses Mal hatten sie sich keine Mühe gegeben, denn sie dachten, der Dummling sei viel zu dumm, um einen Ring zu besorgen, geschweige denn einen schönen. Und so hatten sie die nächstbesten Männer gefragt, ob sie ihnen ihren Ehering verkaufen würden. Das taten diese gerne, denn die Königssöhne bezahlten gut.

Und als der Vater die Ringe seiner Söhne sah, sprach er: »Mein jüngster Sohn hat auch diese Aufgabe am besten gelöst. Er wird mein Nachfolger.«

Dieses Mal regten sich die beiden Brüder noch mehr auf. Sie schimpften, schimpften und schrien so lange, bis der Vater ihnen schließlich eine dritte Aufgabe stellte: »Derjenige von euch, der die schönste Frau mit nach Hause bringt wird König! Dies ist meine letzte Aufgabe!«

Zum dritten Mal blies der König drei Federn in den Wind – der Älteste folgte seiner Feder nach Osten, der Zweite seiner Feder nach Westen und der Jüngste hatte Glück: Seine Feder lag wieder auf der Falltüre.

Schnell eilte er herbei, öffnete sie und sprang die Treppe hinunter bis zur Zaubertüre.

»Hutzelbein, komm herein!
Hutzelbein, komm herein!«

Sie sprang auf und in der Erdhöhle wurde er wie immer freudig von den Kröten begrüßt.

Die Itsche sprach: »Schön, dass du uns auch ein drittes Mal besuchst. Sag, was wünschst du dir heute?« »Ich wünsche mir die schönste Frau von der ganzen Welt!«

»Das ist eine schwierige Aufgabe! Vertraust du mir?«
»Ja, natürlich«, antwortete er.

Sie holte aus der Schatztruhe eine ausgehöhlte Mohrrübe, legte sie auf die Erde, nahm noch vier weiße Mäuse heraus und setzte sie davor. »Oh, was soll ich denn damit?« fragte der Dummling. »Tu was ich dir sage! Nimm eine der kleinen Kröten und setze sie in die Mohrrübe.«

Der Königssohn tat, wie ihm geheißen. Kaum hatte er die kleine Kröte in die Mohrrübe gesetzt, da verwandelte sich diese in eine goldene Kutsche, die vier weißen Mäuse waren plötzlich prächtige Schimmel und die kleine Kröte war eine wunderschöne Frau – noch schöner als eine Prinzessin.

Der Dummling bedankte sich bei der Itsche, setzte sich in die Kutsche und gab der schönen Frau einen Kuss. Dann ergriff er die Zügel, schnalzte mit der Zunge und die Pferde setzten sich in Trab. So fuhren sie zum Schloss.

Der Vater und die beiden Brüder warteten schon auf ihn. Sie hatten sich in ihrer Klugheit auch dieses Mal nicht vorzustellen vermocht, dass der Dummling eine Frau mit nach Hause bringen würde, und noch dazu eine schöne: Niemals!

Um es sich leicht zu machen, hatten sie einfach die nächstbesten Frauen gefragt, ob sie mit aufs Schloss kommen wollten – und welche Frau wollte das nicht?

Als der alte Vater die Frauen sah, sprach er: »Jetzt ist es entschieden. Mein jüngster Sohn wird nach meinem Tod König!«

Nicht lange, da verstarb er.

Der jüngste Sohn, einst Dummling genannt, wurde König und seine Frau, die einmal eine Kröte gewesen war, Königin.

Der junge König und seine wunderschöne Frau, die Königin, lebten auf ihrem Schloss glücklich und zufrieden und voller Dankbarkeit. Sie regierten ihr Land in Liebe und Weisheit.

Und wenn sie nicht gestorben sind, dann leben sie noch heute ...

Die Froschprinzessin

Die Froschprinzessin

(aus dem Russischen)

Es waren einmal ein Zar und eine Zarin, die hatten drei Söhne, wohlgeraten, klug und tapfer.

Als diese in das heiratsfähige Alter kamen, rief der Vater sie zu sich und sprach: »Meine lieben Söhne, es ist an der Zeit für euch zu heiraten. Geht vor die Stadt, schießt einen Pfeil in die Luft und dort, wo er zur Erde fällt, werdet ihr die Frau fürs Leben finden.«

Die Söhne taten, wie ihnen geheißen. Der Älteste schoss, da fiel sein Pfeil in den Hof eines Bojaren. Der hatte eine gar schöne Tochter. Der Zarensohn freite – und heiratete sie.

Der Pfeil des Zweiten flog in den Hof eines Kaufmanns. Auch dieser hatte eine schöne Tochter. Der Zarensohn freite – und heiratete sie.

Als der dritte Sohn, Iwan Zarewitsch schoss, da flog sein Pfeil hoch in den Himmel, der Sonne entgegen und ward nimmermehr gesehen.

Er machte sich auf den Weg, den Pfeil zu suchen. Drei lange Tage wanderte er und am dritten Tag geriet er in einen großen Sumpf. Als er den Ausweg suchte, saß plötzlich ein Fröschlein vor ihm und daneben lag ein Pfeil.

»Iwan Zarewitsch« sprach es, »du suchst doch deinen Pfeil! Hier liegt er. Nimm ihn auf und mich gleich dazu, denn sonst findest du nie und nimmermehr aus dem

Sumpf heraus.« Freudig nahm Iwan den Pfeil – doch widerwillig den Frosch.

Als er nach Hause kam, klagte er seinem Vater: »Ich kann doch keinen Frosch zur Frau nehmen, eine Froschfrau!« Der aber antwortete: »Nimm sie, vielleicht ist sie ja dein Schicksal!«

Und so wurde über die beiden die Brautkrone gehalten und sie waren vorerst verheiratet.

Nach einiger Zeit rief der Vater seine Söhne zu sich und sprach: »Geht nach Hause und sagt euren Frauen, sie sollen für mich ein Brot backen.«

Iwan Zarewitsch ging bedrückt nach Hause. »Was ist dir?« fragte seine Frau, der Frosch. Iwan antwortete: »Du sollst für meinen Vater ein Brot backen!« »Mach dir deshalb keine Sorgen. Leg dich schlafen. Der Morgen ist klüger als der Abend.« Sie brachte ihn zu Bett und er schlief auch sogleich ein.

Als er tief und fest schlief, streifte sie ihre Froschhaut ab und – da stand Wassilissa, die Weise, schöner als Sonne Mond und Sterne. Sie ging zur Treppe und rief ihre Kindermädchen und Ammen: »Backt mir ein Brot, so köstlich, wie es mein Vater immer gegessen hat!«

Bei Morgengrauen schlüpfte sie wieder in ihre Froschhaut und niemand hätte ahnen können, wer darunter verborgen war. Sie überreichte ihrem Iwan ein Brot, das war mit allen Städten des Zarenreiches geschmückt. Voller Freude lief er zu seinem Vater.

Der Zar prüfte die Brote seiner Söhne. Dann sprach er zum Ältesten: »Dein Brot ist gut genug für die Knechte!« Zum Zweiten sagte er: »Dein Brot ist gut genug für die Mägde!« Zu Iwan, dem Jüngsten aber sprach er: »Dein Brot werde ich aufbewahren und erst am Osterfeste speisen!«

Nach einiger Zeit ließ der Zar seine Söhne erneut zu sich kommen und sprach: »Geht zu euren Frauen und sagt ihnen, sie sollen mir ein Hemd nähen!«

Zum zweiten Mal ging Iwan bedrückt nach Hause. »Was ist dir?« fragte seine Frau, der Frosch. »Ach, mein Vater will, dass du ihm ein Hemd nähst.« »Mach dir deshalb keine Sorgen! Leg dich schlafen! Der Morgen ist klüger als der Abend!«

Wieder brachte sie ihn zu Bett und als er tief und fest schlief, streifte sie erneut ihre Froschhaut ab. Da stand sie, Wassilissa die Weise, schöner als Sonne, Mond und Sterne. Auch dieses Mal lief sie zur Treppe und rief ihre Kindermädchen und Ammen: »Näht mir ein Hemd, so schön, wie es mein Vater immer getragen hat!«

Als Iwan am nächsten Morgen erwachte, stand seine Frau der Frosch vor ihm und überreichte ihm ein Hemd so schön, wie er noch keines gesehen hatte. Freudig lief er zum Vater.

Der Zar prüfte die Hemden seiner Söhne und sprach zum Ältesten: »Dein Hemd ist gut genug für die Köche!« und zum Zweiten: »Dein Hemd ist gut genug für die Stallknechte!« Zu Iwan, dem Jüngsten, aber sprach er: »Dein Hemd werde ich am Osterfest zur Heiligen Messe tragen!«

Nachdem einige Tage vergangen waren, rief der Vater seine Söhne ein drittes Mal zu sich: »Am kommenden Sonnabend werde ich ein großes Fest feiern. Kommt mit euren Frauen, festlich gekleidet und geschmückt!«

Nun ging Iwan noch bedrückter als zuvor nach Hause. »Iwan Zarewitsch, warum bist du so traurig?« »Ach«, antwortete er, »am Sonnabend sind wir bei meinem Vater zu einem großen Fest eingeladen und du sollst festlich gekleidet und geschmückt mit mir dorthin gehen!« »Mach dir deshalb keine Sorgen! Höre! Tu, was ich dir sage! Geh allein zum Fest und wenn es laut donnert, dann sprich: »Jetzt kommt meine Frau, der Frosch!«

Am Sonnabend ging Iwan allein zum Fest seines Vaters. Die Brüder lachten ihn aus. Als alle Gäste versammelt waren, donnerte es gewaltig. Sie erschraken und in die Stille hinein sprach er: »Jetzt kommt meine Frau, der Frosch!«

Da fuhr eine goldene Kutsche vor. Ihr entstieg Wassilissa, die Weise, schöner als Sonne, Mond und Sterne.

Nun wurde festlich gespeist. Die beiden Schwägerinnen beobachteten die schöne Wassilissa voller Neid. Als sie den Schwanenbraten verzehrt hatte, steckte Wassilissa drei abgenagte Knöchelchen in ihren rechten Ärmel. Die Schwägerinnen taten es ihr nach.

Und als sie den Wein getrunken hatte, schüttete sie den letzten Tropfen in ihren linken Ärmel. Die Schwägerinnen taten desgleichen.

Nach dem Festmahl, als sich die Gäste erhoben, schwenkte Wassilissa den linken Ärmel und vor den Augen aller entstand ein See, in dem sich das Mondlicht silbern spiegelte. Dann schwenkte sie den rechten Ärmel und auf dem See schwammen stolz drei weiße Schwäne.

Eifrig schwenkten nun auch die Schwägerinnen ihre Ärmel, doch dabei verschmutzten sie nur die Gäste und der Zar jagte sie fort.

Dann wurde zum Tanze aufgespielt. Wassilissa tanzte mit Iwan den Tanz des Lebens. Plötzlich löste er sich aus ihren Armen und eilte nach Hause. Er suchte die Froschhaut und als er sie gefunden hatte, warf er sie ins Feuer.

Als wenig später Wassilissa nach Hause kam, fragte sie, wo die Froschhaut sei. »Die habe ich verbrannt«, antwortete Iwan, der Zarensohn. »Wie konntest du?« rief sie verzweifelt. »Hättest du nur noch drei Tage gewartet, so wäre ich erlöst gewesen! Nun aber muss ich dich verlassen. Ich muss zurück zu meinem Vater, dem unsterblichen Koschei!«

Vor seinen Augen verwandelte sie sich in einen wunderschönen weißen Schwan und flog fort. Iwan setzte sich nieder und weinte. Er weinte drei lange Jahre.

Endlich ermannte er sich, stand auf und machte sich auf den Weg, seine Wassilissa zu suchen.
Da begegnete ihm ein alter Mann und fragte, weshalb er so traurig sei. Iwan erzählte ihm alles von seiner Frau, dem Frosch, von Wassilissa, der Weisen, dass er ihre Froschhaut verbrannt habe und dass sie als Schwan davongeflogen sei.

»Wie konntest du etwas verbrennen, was dir nicht gehört!« zürnte der Alte. »Es wird schwer sein für dich, sie wiederzufinden. Du wirst lange suchen müssen, aber es ist nicht unmöglich. Ihr Vater, der unsterbliche Koschei hat sie in einen Frosch verzaubert, nachdem er bemerkt hatte, dass sie klüger geworden war, als er. Ich gebe dir diesen Knäuel. Der rote Faden wird dich führen!«

Iwan bedankte sich und ging seines Wegs. Er folgte dem roten Faden.

Plötzlich begegnete ihm ein riesiger Bär. Iwan erschrak, legte Pfeil und Bogen an und wollte ihn erschießen. Der Bär aber sprach mit menschlicher Stimme: »Lasst mich leben, Iwan Zarewitsch! Habt Mitleid!« Und Iwan hatte Mitleid und ließ ihn leben.

Er setzte seinen Weg fort. Großer Hunger bemächtigte sich seiner. Da sprang ein Hase vor ihm auf. Er wollte ihn schießen, doch der Hase sprach mit menschlicher Stimme: »Habt Mitleid mit mir, lasst mich leben, Iwan Zarewitsch!« Und Iwan hatte Mitleid und ließ auch ihn leben.

Dann kam eine Ente angeflogen. »Die will ich aber endlich schießen und meinen Hunger stillen«, dachte er. Doch auch die Ente sprach mit menschlicher Stimme: »Lasst mich leben, Iwan Zarewitsch, habt Mitleid mit mir!« Iwan bezwang seinen Hunger und ließ sie leben.

Nicht lange, da kam er ans Meer. Am Strand lag ein großer Fisch. Er beugte sich über ihn und der Fisch begann zu sprechen: »Iwan Zarewitsch, habt Erbarmen! Bringt mich zurück ins Meer, sonst muss ich elendiglich zu Grunde gehen!« Iwan nahm das Tier und legte es behutsam ins Wasser. Freudig schwamm der Fisch davon.

Nun führte der rote Faden Iwan Zarewitsch in einen großen dunklen Wald. Als er an eine Lichtung kam, endete der Faden. Iwan blickte sich um und sah eine Hütte auf Hühnerfüßen. Er erschrak. »Hier wohnt die Hexe Baba- Jaga«, dachte er. Er wusste, dass sie Menschen helfen – aber auch vernichten konnte.

Iwan nahm seinen ganzen Mut zusammen und rief: »Baba-Jaga, ich komme!« Mit Anlauf sprang er in die Hütte hinein. »Ach«, rief sie erfreut, » da kommt ja ein Russe zu mir, ein echter mutiger Russe, ein ganzer Mann! Was willst du?«

Iwan Zarewitsch erzählte der Alten alles. Schließlich fragte er, ob sie wüsste, wo der unsterbliche Koschei wohne. »Ja,« sagte sie, »ich weiß es und es wird nicht leicht sein, seine Tochter zurückzubekommen. Freiwillig gibt er sie nie wieder her. Den unsterblichen Koschei zu besiegen ist eigentlich unmöglich, denn sein Leben ist nicht in seinem Körper, sondern es steckt in einer Nadel. Doch höre, vor seinem Palast steht ein riesengroßer Eichenbaum, zwischen den Wurzeln findest du ein Kästchen, in dem Kästchen ist ein Ei und in dem Ei ist die Nadel! Mit dieser Nadel hast du Macht über ihn.«

Sie beschrieb ihm den Weg zum Palast des Koschei. Iwan bedankte sich und wanderte frohen Mutes weiter.

Bald hatte er den Palast erreicht und wirklich, vor dem Tor stand eine mächtige Eiche, deren Äste bis in den Himmel reichten.

»Ach, wie soll ich zwischen den Wurzeln dieses riesigen Baumes das Kästchen finden und mit bloßen Händen ausgraben?«, dachte er.

Da kam ein gewaltiger Bär angerannt. Er stieß mit voller Wucht gegen den Baum, so dass er entwurzelt zur Erde fiel. Iwan bedankte sich, fand das Kästchen und öffnete es.

Aus dem Kästchen sprang ein Hase und lief, Haken schlagend, davon. Schon kam ein anderer Hase daher gesprungen, verfolgte den Ersten, holte ihn ein, und überwältigte ihn.

Aus dem Hasen flatterte eine Ente hervor und flog hoch in die Lüfte. Laut schnatternd kam eine Zweite, verfolgte und bezwang die erste. Die ließ ein Ei fallen – und das Ei fiel ins Meer.

Iwan setzte sich an den Strand und vergoss bittere Tränen. Nicht lange, da kam ein großer Fisch angeschwommen mit dem Ei im Maul. Er spuckte es Iwan direkt vor die Füße. Der sprang auf, nahm das Ei und warf es mit voller Wucht auf die Erde, so dass es zerbrach.

„Die Nadel!" rief er voll Freude. Schnell ergriff er sie und brach die Spitze ab. Da war der unsterbliche Koschei tot.

Jetzt lief er in den Palast. Wassilissa kam ihm schon entgegen. Welche Freude! Sie umarmten und küssten sich. Noch am selben Tag machten sie sich auf den Weg zurück in seines Vaters Reich.

Als der alte Vater gestorben war, wurde Iwan, der jüngste Sohn, sein Nachfolger und Erbe.

Er lebte fortan mit Wassilissa, der Weisen, – schöner als Sonne, Mond und Sterne – glücklich und zufrieden und voller Dankbarkeit auf dem großen, schönen Zarenschloss.

Und wenn sie nicht gestorben sind, dann leben sie noch heute ...

— ❀ —

Die kleinen Leute von Swabedo

Die kleinen Leute von Swabedo

(Nach dem gleichnamigen irischen Märchen)

Vor langer, langer Zeit lebten auf Erden viele kleine Leute, die meisten von ihnen in einer Stadt namens Swabedo. Deshalb hießen sie die Swabedodahs. Die Swabedodahs waren vom frühen Morgen bis zum späten Abend immer glücklich, gut gelaunt und voller Freude.

Woher kam das? In dem Städtchen herrschte ein wunderschöner Brauch: Jeder der Swabedodahs besaß ein Säckchen mit warmen, weichen Pelzchen. Dieses Säckchen trugen die kleinen Leute immer bei sich, und wenn sie einander begegneten, so schenkte jeder dem anderen ein Pelzchen, und zwar immer das allerschönste.

Wenn man ein Pelzchen verschenkte, so bedeutete dies: »Ich freue mich, dich zu sehen. Ich mag dich. Bleib, wie du bist!« Und wenn man ein Pelzchen geschenkt bekam, dann hatte man ein so gutes und wunderschönes Gefühl: Man fühlte sich angenommen, man fühlte sich geachtet und geliebt und man bekam große Lust, selbst Pelzchen zu verschenken.

In der Nähe von Swabedoh wohnte in einer Höhle mitten im Wald ein großer, grüner Kobold. Der hatte vor Zeiten an der Rückwand seiner Höhle Edelsteine entdeckt und verbrachte seitdem viele Stunden des Tages damit, aus der Felswand diese wertvollen Steine mit Hammer und Meißel herauszuschlagen. Wenn er fertig war, trug er sie zu einer Grube hinter der Höhle, legte sie liebevoll – Stein für Stein – hinein und freute sich, wie sie in der Abendsonne so wunderschön glitzerten und funkelten.

Wenn er so vor seinen Schätzen stand fühlte er sich über die Maßen reich und mächtig! Anschließend deckte er seine Grube mit Reisig, Ästen und Laub sorgfältig zu, damit nur ja kein Fremder sie entdecken könnte.

Aber manchmal fühlte sich der Kobold sehr allein und sehr einsam. Dann ging er auf einen kleinen Hügel vor der Stadt Swabedoh und schaute den kleinen Leuten zu. Dabei stieg in ihm oft ein Gefühl der Sehnsucht empor, der Sehnsucht, dazu zu gehören.

Doch wenn er sah, wie sich die kleinen Leute gegenseitig Pelzchen schenkten, und wie glücklich sie dabei waren, konnte er nur den Kopf schütteln. Dumm und albern fand er das! »Diese kleinen Leute wissen überhaupt nichts vom wirklichen Leben, sie haben keine Ahnung wie das wahre Leben aussieht,« dachte er. Und er wünschte sich nichts sehnlicher, als den Swabedodahs zu zeigen, wie das Leben in Wirklichkeit ist.

Er wollte so gerne herausfinden, wie sie sich verhalten würden, wenn sie dieselben Gedanken hätten, wie er, – und seine Gedanken waren eigensüchtig und missgünstig. Bald bot sich eine Gelegenheit.

An einem wunderschönen Sommertag saß der Kobold vor seiner Höhle und sonnte sich.

Da kam ein Swabedodah vorbei, blieb stehen, lächelte ihn an und sprach: »Wie schön, dich zu sehen! Was für ein herrlicher Tag!« Mit diesen Worten überreichte er ihm ein Pelzchen. Der Kobold schaute missmutig und brummte etwas Unverständliches vor sich hin. »Oh, Verzeihung«, rief der Kleine, »ich habe dir ja gar nicht das schönste Pelzchen ausgesucht!« Und nachdem er eine Weile in seinem Säckchen gekramt hatte, zog er ein besonders großes und schönes Pelzchen hervor. »Sieh«, sagte er, »Dieses Pelzchen ist genau das richtige für dich, sonst hätte ich es schon längst jemand anderen geschenkt!«

Jetzt machte der Kobold ein sehr bedenkliches Gesicht, er legte die Stirn in Falten und sprach: »Wenn ich du wäre, würde ich nicht so leichtfertig Pelzchen verschenken, wenn du so weiter machst, hast du bald selbst keine mehr!«

Der Kleine erschrak. »Wirklich, der Kobold hat recht«, dachte er, » so habe ich das ja noch nie gesehen.« Und er war so verwirrt, dass er gar nicht daran dachte, dass man in Swabedoh ja nicht nur Pelzchen verschenkt, sondern immer auch welche geschenkt bekommt. Der kleine Mann stand ganz bekümmert da – dann schüttete er sein Säckchen aus und bat den Kobold, ihm beim Zählen seiner Pelzchen zu helfen.

Als sie damit fertig waren, sagte der Kobold mit sorgenvoller Miene: »Du hast ja nicht einmal 272 Pelzchen, du Armer!« Tatsächlich – nun kam es dem Kleinen so vor, als wäre sein Säckchen früher viel voller gewesen. Zum ersten Mal in seinem Leben war er traurig und verwirrt. Nachdenklich ging er nach Hause.

Als ihn am Abend sein allerbester Freund besuchte und ihn – wie gewöhnlich – mit einem Pelzchen begrüßte, sagte unser Swabedodah bedeutungsvoll: »Du solltest deine Pelzchen nicht so freizügig verschenken, sonst hast du bald selbst keine mehr!« Der Freund stutzte. »Ja, – eigentlich hast du recht!« Und als dieser später nach Hause ging hörte man ihn immer wieder entschuldigend sagen: »Heute kann ich dir kein Pelzchen schenken, sonst habe ich bald selbst keins mehr!«

In den nächsten Tagen hörte man diese Worte in dem Städtchen Swabedoh immer häufiger.

Die kleinen Leute beschenkten sich nur noch selten mit Pelzchen, und wenn sie es taten, dann überlegten sie erst gründlich, ob der andere überhaupt ein Pelzchen wert sei. Wenn ja, dann schenkte man ihm lieber eines, das schon ein wenig abgegriffen war, oder gar ein Löchlein hatte.

Es dauerte nicht lange, da beschlossen die ersten kleinen Leute, ihre Säckchen zu Hause zu lassen. Und eines Tages interessierte sich sogar der Bürgermeister für die Pelzchen. Die Swabedodahs mussten sie ins Rathaus bringen. Dort wurden sie gezählt, registriert und es wurden lange Listen angelegt.

Nach einiger Zeit befahl der Bürgermeister sogar, die Pelzchen als Tauschmittel zu benützen. Nun fingen Hader und Streit erst recht an, denn, wer konnte schon sagen, wie viele Pelzchen eine Übernachtung oder ein gutes Essen wert sei.

Schließlich hörte man sogar von Pelzchenraub! Jetzt versteckten die kleinen Leute ihre Säckchen in Kisten und Schränken, unter Betten und auf den Dachböden. Und abends trauten sie sich bald gar nicht mehr auf die Straße, kurzum, alle hatten Angst.

Der Kobold betrachtete diese Entwicklung von seinem Hügel aus mit großem Wohlwollen. Er war sehr zufrieden mit sich und der Welt und fühlte sich überaus erfolgreich!

Und dann kam der Tag, an dem einer der kleinen Leute erkrankte. Der Nacken, die Schultern und der Rücken schmerzten. Er hatte eine Krankheit, die Rückgraterweichung heißt. In Windeseile verbreitete sie sich in dem ganzen Städtchen. Manche Leute, die besonders schwer davon befallen waren, konnten den Kopf nicht mehr heben und ihrem Gegenüber nicht einmal mehr in die Augen sehen!

Wenig später kam der Tag, an dem einer der Swabedodahs starb. Keiner wusste, ob er an Rückgraterweichung gestorben war, oder weil er so lange kein Pelzchen mehr verschenkt beziehungsweise geschenkt bekommen hatte.

Als sich der Trauerzug durch die Straßen bewegte, saß der Kobold auf seinem Aussichtsplatz. Er erschrak zutiefst! Nein, das hatte er nicht gewollt! Er hatte den kleinen Leuten doch nur das wirkliche Leben zeigen wollen, aber den Tod – nein – den hatte er ihnen ganz gewiss nicht gewünscht.

Schnell lief er nach Hause und überlegte, wie er das wieder gutmachen könnte. Und da hatte er auch schon eine Idee: Er ging zu seiner Grube und füllte viele Säckchen mit Edelsteinen. Dann legte er sie auf einen Handwagen und zog ihn in die Stadt.

Dort war er sogleich von vielen neugierigen Swabedodahs umringt. Der Kobold verschenkte alle seine Säckchen – bis auf das Letzte. Mit ihm machte er sich auf den Weg zu dem kleinen Swabedodah, zu dem er vor geraumer Zeit gesagt hatte, er solle nicht so freizügig sein mit dem Verschenken seiner Pelzchen.

Als der Kobold das Haus gefunden hatte, klopfte er an die Türe. Vorsichtig wurde sie geöffnet, – nur einen kleinen Spalt. Schon wollte der Kleine sie wieder schließen, da hatte der Kobold bereits seinen Fuß dazwischen gestellt.

Er bemühte sich, ein freundliches Gesicht zu machen und schenkte dem Kleinen das letzte Säckchen mit den Worten: »Da, nimm! Ich will dir eine Freude machen!« Und er gab acht, dass seine Stimme den Kleinen nicht erschreckte.

Der wusste erst gar nicht, was er tun sollte. Doch da er den Kobold so schnell wie möglich los werden wollte, griff er nach den Säckchen. Oh, wie kalt, hart und kantig fühlte sich dieses seltsame Geschenk an! Der Kobold verabschiedete sich und trat den Heimweg an, zufrieden mit sich und der Welt.

Unser Swabedodah ging in die Stube, nahm einen Edelstein und hielt ihn ins Licht. Da fing der Stein an zu funkeln und zu glitzern, in allen Farben des Regenbogens. »Oh, wie schön!« rief er begeistert.

Nun suchte er den schönsten Edelstein aus, ging zu seinem allerbesten Freund und sagte: „Schau, was für ein seltsamer Stein." Als er ihn ins Licht hielt, war auch der Freund ganz geblendet von all dem Glitzern und Funkeln.

An diesem Abend besuchten die beiden noch viele andere Leute: Verwandte, Freunde und Nachbarn. Alle staunten über diese seltsamen Steine, die so schön glitzern und funkeln konnten, und dennoch kalt und hart blieben.

Von dem Tag an schenkten sich die kleinen Leute gegenseitig manchmal einen Edelstein.

***

Die Tage und Wochen vergingen. Als unser Swabedodah wieder einmal unterwegs im Städtchen war, begegnete ihm eine alte Frau. Sie war nicht nur alt, sondern unsagbar traurig, das spürte er sofort. Und als er sie ansprach und sie daraufhin den Kopf hob, erkannte er, dass es die junge Witwe des Verstorbenen war.

Er erschrak! Wie sehr war diese Frau gealtert! Voller Mitgefühl sprach er: »Warte hier auf mich, ich bin gleich wieder da. Ich will dir eine Freude machen!« So schnell er konnte lief er nach Hause, nahm den allerschönsten Edelstein und rannte zurück. Doch die Frau war fort.

Nachdenklich ging er wieder heim. »Hätte ich mein Säckchen mit den Steinen doch bei mir gehabt«, überlegte er, »aber ein Säckchen voller Steine ist ja viel zu schwer.«

Plötzlich erinnerte er sich, wie schön es früher gewesen war, als jeder sein Säckchen mit den Pelzen stets bei sich trug. Er holte sein eigenes aus dem Versteck, lüftete die Pelzchen an der Sonne und machte sich auf den Weg zu der Witwe.

Dort angekommen suchte er so lange, bis er das schönste Pelzchen gefunden hatte. Er schenkte es ihr.

Sie nahm es in die Hände, fühlte wie warm und weich es war, hielt es an die Wange und langsam, ganz langsam leuchtete in ihren Augen Freude auf, – Freude und Dankbarkeit.

Auf dem Heimweg verschenkte unser Swabedodah noch viele Pelzchen. Als er abends im Bett lag, war er seit langer Zeit wieder einmal richtig glücklich, obwohl sein Säckchen heute fast leer geworden war. Auch die Witwe holte wieder ihre Pelzchen hervor, um sie zu verschenken und so machten es immer mehr Swabedodahs.

Seitdem schenken sich die kleinen Leute von Swabedo manchmal warme, weiche Pelzchen und manchmal harte, glitzernde Edelsteine ...

Nachwort und meine persönlichen Gedanken zu diesen drei Märchen

Nachwort

Mit diesem Nachwort möchte ich meinen Leser/innen einige Gedanken zu den Märchen anbieten, Gedanken und Deutungen aus einem Schatz unendlich vieler Möglichkeiten.

Diese Deutungen besitzen selbstverständlich keine Allgemeingültigkeit. Was immer **Sie** bei den Märchen erleben, welche Gedanken und Gefühle in **Ihnen** hochsteigen – das allein gilt für **Sie.** Es gibt bei Märchendeutungen kein ›richtig oder falsch‹, hier gibt es nur ein: ›sowohl, als auch‹.

Für Kinder ist diese Art von ›erwachsener› Märchendeutung nicht geeignet, denn sie sollten Märchen ganz spontan und unbeschwert erleben dürfen. Frank Jentzsch, einer der bedeutendsten Märchenerzähler im süddeutschen Raum, drückt das so aus:
>»Lassen Sie die Kinder noch träumerisch durch die Bilderlandschaften der Märchen wandern!«[2]

Fragen, die Kinder zu den Märchen stellen, sollten natürlich beantwortet werden. Verlassen Sie sich dabei auf Ihr Gefühl, doch hüten Sie sich davor, das Wunderbare, Geheimnisvolle erklären zu wollen. Es ist gut, wenn Kinder die Erfahrung machen:

>Vieles können wir Menschen mit unserem Verstand erklären, doch nicht alles.

Manches bleibt geheimnisvoll, sowohl im Märchen, als auch im Leben.

---

[2] Frank Jentzsch:« Märchen deuten und erzählen«

Gedanken zu dem Märchen:

»*Die drei Federn*«

Dieses Märchen von den Brüdern Grimm lieben Kinder ganz besonders.

Was für ein Trost, was für eine Hoffnung:

Der ›Dummling‹ erbt schließlich das Königreich. Wer von uns war – oder ist – nicht manchmal ein ›Dummling‹?

Wir erleben, dass es Helfer gibt, wenn wir für Hilfe offen sind – und nicht arrogant und eingebildet.

Der Wind,
die Kröten,
die Zaubertüre im Innern der Erde,
sie stehen dem ›Dummling‹ zur Seite und alles fügt sich ganz ›**wunder**voll‹.

Auch in unserem Leben gibt es immer wieder Situationen, in denen wir über das vollkommene Zusammenspiel der sogenannten ›Zufälle‹ nur staunen können.

Wir erleben, dass das Gute nicht immer in der Ferne zu suchen ist, sondern auch ganz nah sein kann und wir erfahren, dass es auf Taten ankommt und nicht auf lautes ›Geschwätz‹.

So ist dieses Märchen auch in unserer Zeit hochaktuell.

Gedanken zu dem Märchen:

»*Die Froschprinzessin*«

(Russischer Titel: »Die Zarentochter« oder »Iwan Zarewitsch«)

Russische Märchen gelten als Wunder einer ›zauberfreudigen Fantasie‹.

Das russische Volk hat Freude am Erzählen und Fabulieren, am Überdimensionalen und Fantastischen.

Seine Märchenerzähler benützen Redewendungen wie: »Der Morgen ist klüger als der Abend«, oder »Schnell ist ein Märchen erzählt, doch lang ist der Weg des Helden« immer und immer wieder.

Die Zuhörer und Zuhörerinnen warten darauf und die ›Wiederhörensfreude‹ ist groß.

Das Märchen, so wie ich es hier niedergeschrieben habe, geht auf eine freie Nacherzählung der bekannten deutschen Märchenerzählerin Sigrid Früh zurück.[3]

Es gibt viele Märchen, in denen der sogenannte ›Tierbräutigam‹ von einem Mädchen erlöst wird, sei es durch Liebe und Mut (»Schneeweißchen und Rosenrot«, »Der Dreirosenstock«, »Die Schöne und das Biest«) oder durch Wut als Ausdruck äußerster Selbstbehauptung (»Froschkönig«).

In diesem Märchen ist es umgekehrt. Der Mann erlöst seine Frau aus ihrer Tiergestalt.

Iwan Zarewitsch, zunächst in völliger Abhängigkeit von seiner Frau, dem Frosch, hat einen langen

Entwicklungsweg vor sich. Dieser beginnt in dem Augenblick, in dem sie ihn verlässt.

Er muss durch das Tal der Trauer und des Schmerzes hindurch und erfährt danach, wie hilfreich es ist, sich seinen Kummer von der Seele zu reden.

Seine Persönlichkeit reift, indem er lernt, seinen Hunger zu bezähmen, Mitleid und Mitgefühl zu entwickeln und mutig, als ›ganzer Mann‹ der Hexe Baba Jaga gegenüberzutreten. Sie erkennt, dass er erwachsen geworden ist, seine eigene Mitte gefunden hat und im wahrsten Sinn des Wortes ›ganz‹ geworden ist.

Nur so kann es Iwan gelingen, den unsterblichen Koschei zu bezwingen. Der Unsterbliche hatte einst seine Tochter, Wassillissa die Weise, ›schöner als Sonne, Mond und Sterne‹ in einen Frosch verwandelt, weil er es nicht hatte ertragen können, dass sie mit den Jahren klüger geworden war als er selbst. Wie minderwertig, unsicher und schwach muss er sich doch gefühlt haben!

Nun, da Koschei tot (eine größere Heldentat, als einen Unsterblichen zu töten, gibt es nicht) und der Bann gebrochen ist, können sich Iwan und Wassilissa neu begegnen.

Beide sind ganz sie selbst geworden. Jetzt dürfen sie zusammen bleiben als Mann und Frau, um glücklich, zufrieden und dankbar für immer auf dem Zarenschloss zu leben …

[3] (aus dem Buch: »Die Froschprinzessin« von Hans Jellouschek, S. 12)

Gedanken zu dem Märchen:

»*Die kleinen Leute von Swabedo*«

Dieses Märchen stammt aus Irland. Es ist eine Parabel für menschliches Verhalten in der Gesellschaft.

In der kleinen Stadt Swabedo ist das menschliche Zusammenleben geprägt von gegenseitiger Liebe, Achtung und Wertschätzung. Unter dem Vorwand, dass das nicht das wirkliche Leben sei, werden Gedanken der Missgunst und des Misstrauens in diese ›heile Welt‹ gesät ...

Unsicherheit, Angst, Bürokratie, Diebstahl, Krankheit und sogar Tod sind die Folgen.

Doch das Leben geht weiter. In dem Moment, wo das Negative zu siegen scheint, findet Umkehr statt. Man erinnert sich an den ursprünglichen Zustand. Man holt das ›Alte‹ hervor, ›lüftet es an der Sonne‹ – um es von altem Staub und ›Mief‹ zu befreien: Ein Neuanfang!

Und jetzt erst ist das sogenannte reale Leben Wirklichkeit geworden, das reale Leben, bestehend aus Gut und Böse, Licht und Schatten, Freude und Verdruss, Wärme und Kälte ...

Und wenn wir uns bewusst machen, dass jedes Gegensatzpaar zusammengehört und zusammen das Ganze, das ›Heile‹ bildet, dann erkennen wir:

Obwohl der anfangs ›paradiesische‹ Zustand in Swabedo verloren geht, hat das Märchen ein gutes Ende.

Zur Erzählerin

Brigitte Hagen, geboren 1942 in Garmisch-Partenkirchen, lebt seit 1998 in Ostfriesland.

Schon früh entdeckte sie ihre Liebe zu Märchen. Als Grundschullehrerin hatte sie große Freude daran, den Unterrichtsstoff so zu vermitteln, dass die Fantasie der Kinder angeregt – und ihre Gefühle angesprochen wurden – und womit könnte man das besser tun, als mit Märchen und Geschichten? In dieser Zeit entwickelte sie ihren ganz persönlichen Erzählstil.

Seit ihrer Pensionierung bringt Brigitte Hagen ihre ›Märchenschätze‹ kleinen und großen Leuten.

Es ist ihr ein besonders großes Anliegen, das Kulturgut der Märchen lebendig zu halten.

In ihren Veranstaltungen, vorwiegend im ostfriesischen Raum, wird sie von der Harfenspielerin Heike Tönjes begleitet.

Gemeinsam treten sie auf unter dem Namen ›Märchen-Klang aus Fehnland‹.

Zur Illustratorin

Veronika Teufel wurde 1947 in Garmisch-Partenkirchen geboren. Nach dem Abitur besuchte sie die Kunstakademien in Stuttgart und München.

Bis zu ihrer Pensionierung im Jahre 2011 war sie Kunstlehrerin an verschiedenen Gymnasien in Süddeutschland.

In der Reihe ›Alte Märchen neu erzählt‹ hat Brigitte Hagen bisher zwei Bücher mit folgenden Erzählungen herausgegeben.

Band 1

- Sterntaler
- Rumpelstilzchen oder die schöne Müllerstochter
- Der König und das Licht

Band 2

- Das Sonnenfünklein
- Vom Fischer und seiner Frau
- Der alte Silvester und das Neujahrskind